自分をえらんで
生まれてきたよ

いんやく りお

サンマーク出版

いのちはぜんぶ、つながっている。
一人のいのち、というのがあるのじゃなくて、
一人ずつのいのちは、ぜんぶつながっている。

自分をえらんで生まれてきたよ☆目次

ブックデザイン：水崎真奈美
カバー、本文イラスト：高橋和枝
編集協力：乙部美帆
編集：斎藤竜哉（サンマーク出版）

はじめに（母より）

☆

理生《りお》は、歌と、犬と、だじゃれが大好きな、小学生の男の子です。

「心」について、おしゃべりすることも、大好きです。

この本は、理生が片言を話しはじめたころから九歳までのおしゃべりを、わたし（母）が書きとったものです。

理生の「お話」は、生まれる前のことや神さまのことなど、ふしぎがいっぱいです。そのおしゃべりを聞いていると、心ってイメージがあふれだす玉手箱なのかしら、と楽しくなります。

じつは、理生はちょっぴり個性的な心臓と肺をもって、この世に生まれました。これまで、入院は三〇回以上、のべ二年ちかくになります。

先日、心臓手術の前夜、理生は病院のベッドで、

「病院で寝ていると、ぼくは何がいちばんたいせつなのか、って考える。いのちのたいせつさって何か、考える。すると、幸せな気持ちになる。豊かな気持ちになる。だから、ぼくは病院で寝るの、好きだ。

病気で生まれてきたから、ぼくはいろいろな体験ができる。ママもいろいろな体験ができる。だから、ママは喜んでいいよ」

といって、にっこり笑いました。

壮絶な痛みを経験したり、不自由な暮らしをしたりする中で、理生は自分の「心のお話」を見つけたように思います。

人にはそれぞれ、たいせつな「心のお話」があるでしょう。

「ぼくのいうことが、絶対に正しいというわけじゃない。心のことは、いろいろな人が、いろいろなことをいうからね。

信じることによって、ふしぎはおきる。だから、ふしぎを信じてね」

と、理生はのんびり語っています。

もしかしたら、「現実」って、にじのように何層にも重なっているのかもしれません。

そう想像すると、ふしぎな扉が開いて、この世の向こうから、さわやかな風が吹きこんでくるのを感じます。

風は、流れてこそ、風になります。

風が風として、みなさんの心を流れていきますように。

生まれる前、ぼくは、
宇宙にいた。
流れ星に、乗っていた。

生まれる前の世界

生まれる前、ぼくは、
「幸せの太陽」を、運ぶ仕事をしていた。
神さまに頼まれて、お手伝いで。
「はいはい」って、たくさん働いた。
だから、こんなに元気なんだ。
病気のときもあるけれど、
病気のときも元気なんだよ。
いっぱい、仕事したからね。

「幸せの太陽」や、「幸せの月」や、「幸せの星」を、
ママや、パパや、おとなみんなに運んでいた。
赤ちゃんは、みんなそうだよ。

星の世界を旅した後、
ぼくは雲の上に行った。
雲の上には、神さまがいた。
神さまはおじいさんだけど、
おひげは、はやしていない。
ぼくは雲の上で、
雨を降らせていた。
ぼくは、上手だったよ。

生まれる前の赤ちゃんは、
心の目で見る地球を守っている。
生まれるときは、
まだ生まれない赤ちゃんに、お願いするんだ。
「心の目で見る地球を守ってね」って。
生まれたら、体の目で見る地球を守るんだよ。

ぼくは、生まれる前、赤ちゃんだったとき、
心の目で見る地球を守っていたけど、
生まれてからは、体の目で見る地球を守るんだ。
もちろん、心の目で見る地球も、同時に守るけれどね。
ぼくは、地球を守る。
地球をどんどん、大きくするんだ。
パパのパワーをたくさんもらったから、だいじょうぶ。

雲の上から、
お姉さんとお兄さんを見て、
「どの人がやさしいかなあ」って、
見ていた。
それで、ママのところにした。
ママなら、心のことを
わかってくれると思ったから。

ぼくは、雲の上からいろいろ見て、
「ここの家がいい」って、
すぐに決めて、神さまにいいに行った。
「一度決めたら変えられないよ。いいんですか」
って、神さまにいわれて、
「ここしかない、ここがいいんです」といった。
指をぐるぐる回したら、
目が回るくらいの渦まきができて、
それがどんどん細長くなって、
米粒みたいになって、ピカッと光って、
それで、ママのおなかに入った。
おなかに入るって決めたとたんに、
あっという間に、おなかに入った。
本当に、あっという間に。

生まれる前、ぼくは
すごく強い赤ちゃん忍者で、
しゅりけんで、五一人やっつけて、
「もうママは、だいじょうぶ」って思ってから、
おなかの中に入った。
ママのこと、
かかしみたいに、守っていた。
ぼくは、ママを守っているんだよ、
いまも。

おなかに入るときは、
雲に乗ってきた。
ぼくがおなかに入ったら、
雲は上にあがっていって、
お空の雲の中に、もぐっていった。

生まれる前は、
翼がついているけれど、
こっちに下りてきたら、
取れてしまって、
翼は雲の上に戻っていく。
でも、そのかわり
別の翼がはえるんだ。

生まれる前、神さまは
「いっぱい大きくなりなさい」って、
メダルをくれた。
「りおくん、がんばれ。りおくん、がんばれ」って、
書いてあって、
さわったら、冷たかった。
金色で丸い、メダル。

ぼくは、本当は、
ほかの子どもたちが来るまで、
待たなくちゃいけなかったのに、
待ちきれなくて、生まれたんだよ。
だから、ぼくは、未来から来た。

生まれてくる奇跡

生まれてくるっていうのは、
幸せなんだよ。
生きているというのは、大きな奇跡。
あたりまえと思っている人も多いけれど、
奇跡なんだ。
だから、ぼくは早くおとなになって、
みんなにそれを伝えたい。

ずっと、ずっと、ずっと前、
ぼくはいなかった。
心も、なかった。
さいしょに、
心の目や鼻や口が、はえてきた。
時間がかかった。
それから、
体の目や鼻や口が、できてきた。

ママのおなかでは、
ブランコに乗っていた。
ブランコの上に、
大きなお山があった。
ママのおなかは、
ぎゅうぎゅうで苦しかった。
ママの気持ちは、あたたかかった。

おなかにいるときは、
寝たふりをしながら
「ここをつなげよう」「こことここ」って、
ママのおなかの中をつないで、
ママを、元気にする仕事をしていたんだ。
だから、だいじょうぶ。ママは長生きするよ。

おなかの中には
見えない机や、見えない椅子《いす》があって
赤ちゃんの言葉を、勉強する。
「ウバウバ」とか。
もちろん、
心のことも、勉強する。

おなかの中で、ぼくとママは、ひもでつながれていて、
ひもの中には、ものすごく細い糸みたいなものがあって、
その糸がふるえると、
「いま、ママはこんな気持ちだ」って、わかる。
ママが悲しいときも、つらいときも、怒りのときも、
ぼくはおなかにいるとき、よく感じとって、
ママを、落ちつかせていたよ。
心のパワーがあるから、そういう仕事をしても、
そのときぼくは、疲れなかった。

自分で生まれるのは、なかなかたいへん。
だから、みんなに助けてもらって、生まれる。
地上に来るときも、天使にお迎えしてもらう。
おなかに入るまで、ずっと、天使といっしょにいる。
おなかに入ってしばらくすると、天使は上に帰る。
すると、おなかの中にひとりになって、寝たままますごす。

おなかの中は、
きゅうくつだったから、
外に出たとき、
ほっとした。
えんえん泣いたけど、
うれし涙だったんだよ。

おなかから出るとき、
急に明るくなったのは、びっくりしたけど、
そのとき何かが、胸に飛びこんできた。
神さまの言葉が、飛びこんできた。
「落ちつきなさい。びっくりしなくていい。
ちゃんと、心を、伝えておいで」
という声が聞こえた。
どこから聞こえるのかな、と思った瞬間に、
声はぴたっと、やんだ。

人間は、生まれるとき、
いろいろなことを忘れてしまう。
でも、忘れることもだいじ。
新しいこと、違うことを習えるから。
でも、いっぺんに忘れると、たいへん。
図書館の本を返すみたいに、
少しずつ忘れることが、たいせつ。

ぼくは、この家に生まれてよかった。
わかってもらえるから、よかった。

赤ちゃんが生まれてくるのは、
みんなを幸せにするため。
お母さんやお父さんだけじゃなくて、
みんなを幸せにするため。
生まれてくるのは、小さな喜び。
みんなを幸せにすると、
もっと大きな喜びになる。

病気とぼく

ぼくは、病気を選んで、
生まれてきた。
希望をもって、
生まれてきた。
心を感じることで、
勇気が出る。
それがつまり、
希望のことなんだ。

ぼくが病気で生まれたのは、
ずっとずっと、幸せになるためだよ。
ぼくが赤ちゃんのとき、いっぱい泣いたのは、
赤ちゃんは言葉をしゃべれないから、
神さまに「もっと大きくなりたい。お兄ちゃんになりたい」
っていう、お祈りだったの。
それで神さまが、お願いを聞いてくれたから、
ぼくはこんなに大きくなったんだよ。
だから、ぼくが泣いても、
ママは「かわいそう」って、思わなくてよかったんだよ。

おなかの中にいるとき、心臓がドキドキしちゃったのは、
そのほうがおもしろいと思ったから。
おなかから出るときは、神さまが
「早く出ないと、大きくなれないよ」っていった。
引っ張り出されるだけだから、怖くなかった。痛くなかった。
でも、息が苦しくなるのは、決めていなかった。
喘息《ぜんそく》になるのは、決めてきた。
だって、治すのが、おもしろいからね。ママ、ごめんね。

赤ちゃんが病気のときは、
「苦もあれば、後から楽もある」ということを、
神さまが、伝えてくれている。
だから、心配しなくていい。だいじょうぶ。
赤ちゃんが生まれたおうちには、必ず、楽がある。
というか、生きているものには、必ず、楽がある。

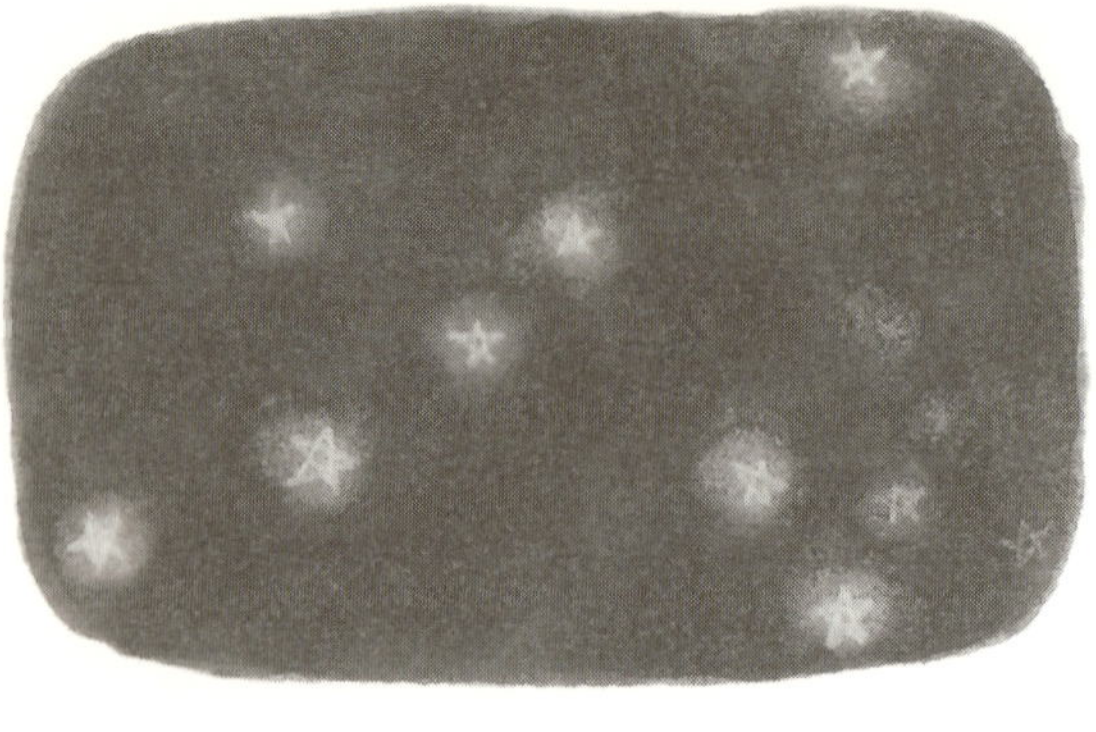

夜、町がきらきらしているのを
見るの、好きだ。
入院していたとき、
病院の窓から、こんなふうに見たね。
「早く治って、遊びに行こうね」って、
いいながら見たね。
きらきらしているのを見ると、
ぼくは「がんばるぞ」っていう気持ちになる。
心もきらきらして、
やさしい気持ちになるよ。
ここまで育ててくれて、
どうもありがとう。

赤ちゃんは、どのお母さんにするか、
どんな体にするか、どんな性格になるか、
自分で決めて生まれてくるのが、ふつうだよ。
ぼくが病気で生まれたのは、
病気で生まれる子や、お母さんたちを、励ますためだ。
だから、ママは、
ぼくの言葉を、みんなに教えていい。

ぼくは、病気だったから、
幸せなんだ。
ぼくは、病気だったから、
心の言葉が話せるんだ。
だから、いつか、心の幸せを配る
サンタさんになるんだ。

病気になる理由は、人によってそれぞれ。
でも、ぼくのいまいえる言葉は、
病気は、体を、じょうぶにするためにある、ということ。
病気をすると、新しいことが入って、古いものは飛んでいく。
あまり悪い病気だと、治療がたいへんかもしれないけど、
大きなことを学んでいるのだと思う。

ぼくは、自分が大好きだ。
自分の体が、大好きだ。
自分の体、ありがとう。

☆

理生《りお》は、結婚三年めに授かった子どもです。妊娠がわかったとき、こみ上げてくる喜びで、胸があつくなりました。

妊娠したら健康な赤ちゃんが生まれ、すくすく育つと信じていました。ところが、妊娠二八週を過ぎたころ、おなかの赤ちゃんに不整脈が始まったのです。わたしは自然分娩《ぶんべん》を望んでいましたが、個人産院から大学病院を紹介されました。

三四週、すさまじい腰痛で受診したところ、赤ちゃんの心拍が二四〇を超えていたため、緊急帝王切開になりました。

手術前、夫はおなかの赤ちゃんに向かって、

「どんな病気でも、ぼくは一生きみを守るからね。安心して、生まれてきてね」

と、涙ぐみながら語りかけました。

腰痛の原因は結石らしいのですが、確認できませんでした。もしかしたら、無事に生まれたかった理生が、わたしに腰痛を起こして受診を促してくれたのかもしれません。

理生は生まれてすぐ電気ショック療法や薬の投与を受けましたが、脈は速くなったり遅くなったり、乱れ打ちのままでした。

肺が未熟で呼吸状態が不安定だったので、酸素療法も始まりました。初乳は、鼻からチューブを入れて摂取させました。

ＮＩＣＵ（新生児集中治療室）には約三か月入院していましたが、その間わたしも体調が悪く、面会にはあまり行けませんでした。

退院後、理生はパパやおばあちゃんには笑いかけるのに、わたしとは目を合わせようとしませんでした。

あるとき、たまらなくなったわたしは、

「理生くんは、入院が長かったから、ママに見捨てられたと思っているんだ。だからママが嫌いなんだ。でも、ママだって理生くんに会いたかったんだ」

といって、理生をだっこしたまま、声をあげて泣きました。

理生はびっくりした顔をしてわたしを見つめ、それからは目を合わせて笑ってくれるようになりました。

生まれる前ね、
神さまと約束した。
ママといっぱい話すって。

ママ、パパ、みんな

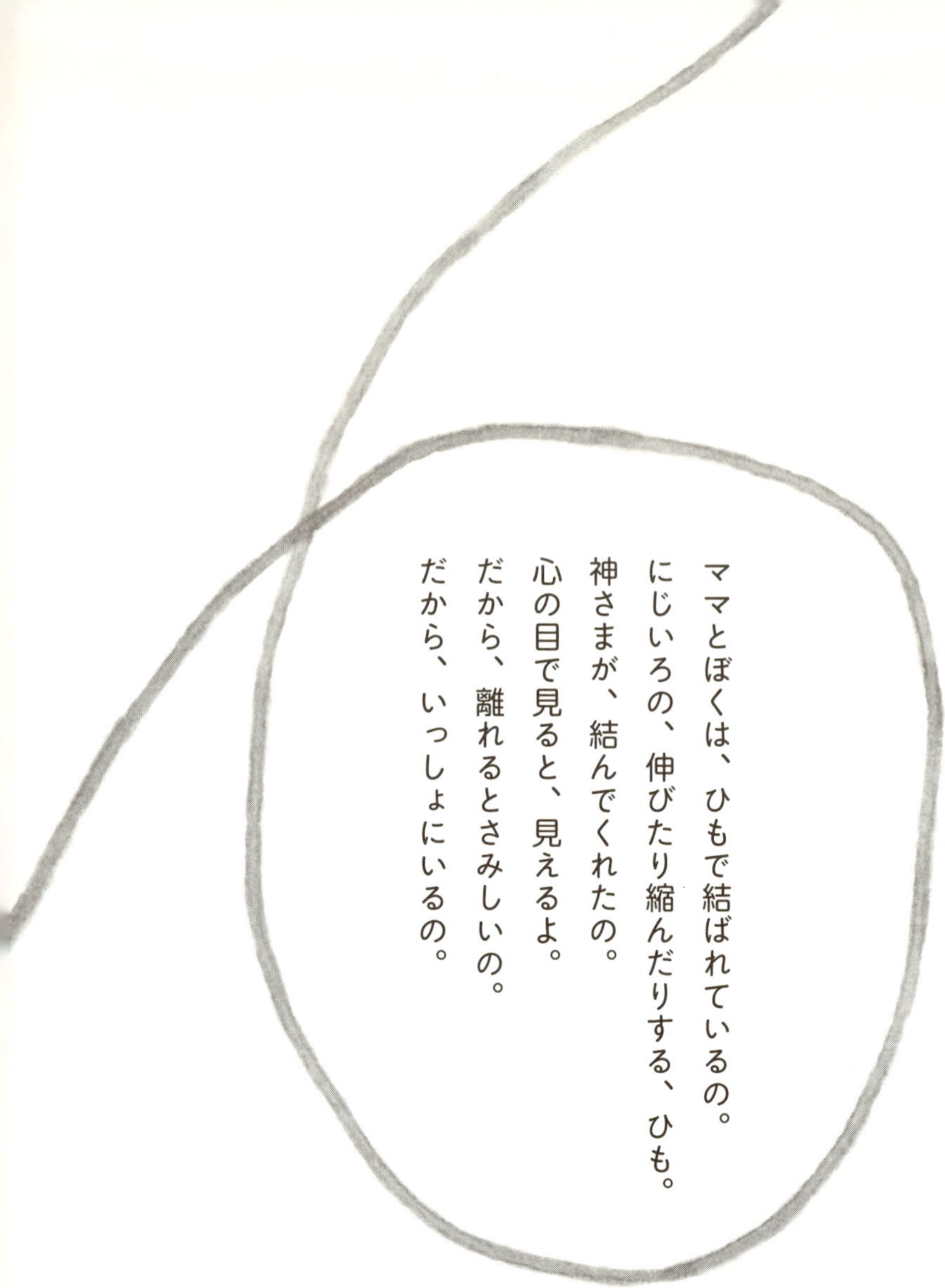

ママとぼくは、ひもで結ばれているの。
にじいろの、伸びたり縮んだりする、ひも。
神さまが、結んでくれたの。
心の目で見ると、見えるよ。
だから、離れるとさみしいの。
だから、いっしょにいるの。

ぼくがかわいいのは、
ママがぼくを守るためだよ。
ぼく、かわいがられるために、
生まれてきたんだよ。
ママは、かわいがってくれると思ったから。

ママに、しかられると、
ぼくの心の花が、かれちゃうの。
だから、ママ、ぼくがいたずらしても、
しからないでほしいの。
ぼくは、いたずらしたいんだから、
ママもいっしょに、いたずらしようよ。

ママ、夢で待ち合わせしようね。
黄色いドアのところで、
待ち合わせしようね。
ドアが見えたら、手をぐるぐる回してね。
鍵《かぎ》がパッと現れるよ。
鍵をさしこんだら、自動的にドアが開く。
すごい光が出てくるから、
そのときは近づかないでね。
何がおきるか、わからないから、
光がおさまったら、入ってね。

ぼくは、ママが大好きだ。
どことどこが好きかっていうと、
ぜんぶ好きだ。
ママが怒っているときも、
ママが好きなんだ。
ママ、大好き。
ぼくにいのちをくれて、ありがとう。

ママ、パパ、
ぼくを守ってくれて、ありがとう。
神さま、ありがとう。
ぼくにみんなをくれて。
みんな、ありがとう。
だいじに育ててくれて、ありがとう。

長生きする、ママ、パパ、ばば、ぐぐ。
長生きする、地球のみんな。
いのちを、ありがとう。
地球のみんな、
生きていてくれて、ありがとう。

＊「ぐぐ」はおじいさんのこと。小さいころは「じじ」が「ぐぐ」になった。

神さまからの伝言

やさしい心は、
神さまにもらったの。
心は、あたたかい。
いのちは、あたたかい。
あたたかいのが、
たいせつなんだね。

神さまがくれたものは、たくさんある。
まず、心。気持ち。いのち。体。
それから、考える、頭。
ぼくは、神さまからのプレゼントなんだ。
だから、自分をたいせつにする。
自分をたいせつにすると、
地球へのおみやげに、なるんだよ。

赤ちゃんがちらかすのは、
神さまに
「いっしょに、あそぼ」っていっているの。
でも、大きくなると、
神さまとあまり遊ばなくなるから
ちらかさなくなるんだよ。

神さまが、ぼくにいいつけたことは、
たったひとつだけ。
「自分をたいせつにしなさい。元気で生きなさい」
ということだけ。
だから、ぼくは、
自分をたいせつにするんだ。

ぼく、夢で神さまに
「みんなが、死なないようにしてください」って、
お願いした。
神さまは「それは、だめだな」って、いったよ。
疲れると、死ぬんだって。
でも、だいじょうぶ、また出てくるの。
いのちは、ぐるぐる回っているの。

いのちは神さまのもの。
いのちを操作しているのは、神さま。
みんなが、いのちを
助けあう仕事をしている。
だから、みんなで
いのちを分けあっているといえる。

どうして人は、勝手に生きるのだろう。
本当は、心の中にいる神さまの、
いうとおりにするのが、いいのだと思う。
勝手にするというのは、戦争をするということだ。
そういう人は、心の中にいる神さまの電源が、
オフになっているんだね。
だれの心の中にも、神さまはいる。
電源がオンになっていると、神さまは
「よし。こういうふうに動いていればいい」って、
ちゃんとチェックする。
そして、神さまのリモコンで、体が動くんだ。

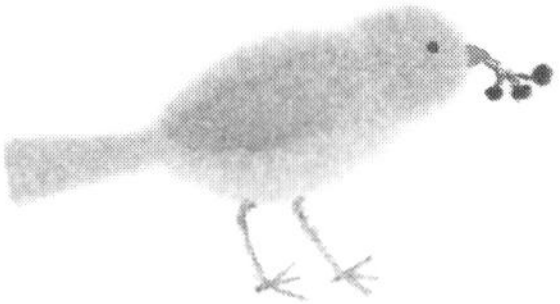

神さまには、悩みがある。
神さまは、人間の相談に答えているのに、
わかってもらえない。
心の耳が閉じているから、
答えても、聞いてもらえない。
どうやったら聞いてもらえるか、
神さまは、困っている。

心は、神さまのかけらで、
体は、地球のかけらだよ。

雲がわれて、バーッと光が出るときは、
神さまが「おいで」と、
たましいをお迎えしているのだと思う。
たましいは、天と地を、行き来している。
そして、人間たちの様子を見ていて、
天がわれるときに、神さまに報告する。

奇跡というのは、
神さまからの大きなプレゼントだって、
ぼくは思うな。
あたりまえに思えることは、
神さまからの小さなプレゼント。
どっちも、神さまからのプレゼントだよ。
大きなことでも、小さなことになる。
小さなことでも、大きなことになる。

人間のふしぎ

自分がいるのは、どうしてだろう。
体があるのは、ふしぎだな。
心があるのも、ふしぎだな。
感じることも、ふしぎだな。
生きているのは、ふしぎで、そう考えると、
魔法の世界にいるみたいな気がするよ。
地球は、魔法の世界だね。

ぼくも、自分。あなたも、自分。犬も、自分。
みんな、自分、と思っている。
ママと、目を合わせていると、
とっても、ふしぎな感じがするよ。

自分がいるのは、ふしぎだな。
鳥が飛ぶのも、ふしぎだな。
鳥はどうして、飛ぶのかな。
だから、生きるって、すばらしいんだね。

人間は、約束があるから、生きられる。
次の約束があるから、生きられる。

ふしぎは、見えないものから生まれてくる。
ふしぎというのは、何がふしぎというのではなくて、
宇宙そのものが、ふしぎなんだ。
心の目があること、ぼくがいること、
みんながいたり、ものがあったりすることも、
みんなふしぎで、それがふしぎなんだ。
それは、マジックのふしぎとは違う。
マジックのふしぎは、ショーのふしぎで、小さいふしぎ。
大きいふしぎというのは、宇宙そのもの。
植物も、ふしぎ。
植物は、心の目を開いてくれる。

生きているというのは、
大きな奇跡。
みんな、だれでも、
たましいはある。
たましいは死なない。
だからこそ、ぼくたちは、
喜びで、大きく生きのこれる。

体が動くから、
生きているんじゃない。
たましいがあるから、生きている。
たましいは、電池なんだよ。
神さまの電池で、
神さまに「返して」といわれたら、返す。

だいじなことを忘れると、人は死ぬ。
そして天国に行って、いのちを運ぶ力をもらう。
天国や地獄でも、人は死ぬ。
でも、どんどん死ぬのは、たいせつなこと。
なぜかというと、死ぬと心の殻が破けて、
心がもっと大きくなるから。
だから、生まれてくるっていうのは、幸せなんだよ。

人がここに来るのは、
新しいことを学ぶためだ。
ここに来るのは、
たましいの寄り道のようなものだ。
ここで学んだら、死んで、
もとの世界に還っていく。
学ばないと、
次のところに進めないんだ。

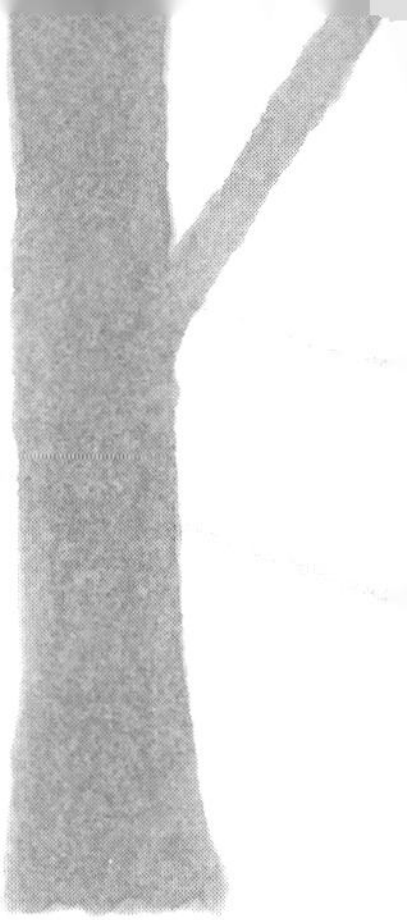

死ぬのは、怖いことじゃない。
病気で死んでしまう子どもたちもいる。
それは悲しいけれど、
体はなくなっても、心は残る。
たましいは、必ずある。
悲しみも、いつか消えていく。
それに、死んだら、
また新しいことを学べる。
だから、死ぬのは、
たいせつなこと。

人間は死んでも、
体がなくなっても、
心は残るように、
できている。

持病のある子を育てるのは、想像を超えて大変でした。

泣くとチアノーゼを起こすので、母、夫、わたしは、二四時間、交替で理生《りお》を抱きつづけました。

生後八か月からは、自宅でも酸素療法が始まりました。どこに行くにも酸素ボンベを担いで、いつもカニューラ（酸素チューブ）を気にしていました。

喘息《ぜんそく》も発症し、一時は一か月もおかずに入院を繰り返しました。いつでも受診できるよう、玄関に着替えを入れたバッグを準備し、おとなは夜も服のまま眠りました。のべ二年ちかくの入院中、夫は毎晩理生につき添い、朝は病院から職場に向かいました。

困ったのは、三歳すぎまで眠りが浅く、二時間と続けて眠らないことでした。固形物を食べると嘔吐《おうと》するので、摂食指導のため療育センターに通いました。

難聴もありましたが、呼吸状態が安定しないためなかなか手術できず、言葉の発達も遅れていました。

不整脈はひどくなるばかりで、わたしはアラームを鳴らしつづけるパルスオキシメーターの前に座りこんで、不安な夜をすごしました。

わたしは毎朝、理生が目覚めるたびに「よかった、ありがとう」と抱きしめました。すると理生も、何を見ても「ありがとう」というようになりました。

うれしい反面、胸騒ぎがして、詳しい検査をお願いしました。

小さな胸が隠れるほど電極を貼《は》り、ひどいテープかぶれになりましたが、自宅でテープをはがすとき、理生は身動きひとつせずに痛みをこらえ、

「りお、がんばった。ママ、ありがとう。先生、ありがとう」

と、その場にいないお医者さんにまで、お礼をいったのです。

そのとき、なぜか、私は「この子のいのちは助かった」と感じました。そして、その検査で、一晩に七秒間も心拍停止していたことがわかり、緊急でペースメーカー埋めこみが決まったのです。三歳半の冬でした。

手術室に入る前、理生は居並ぶお医者さんと看護師さんを見まわして、

「先生、助けてくれるの。ありがとう」

と回らない舌でいうと、満面の笑みを浮かべて頭を下げました。

手術後、添い寝していたわたしが不安に駆られたとたん、理生は大きな目を開いて、

「ママ、気にしないで。りお、どんどん大きくなるから。げんげん元気マンに、なるから」

と、にっこり笑いました。

理生のいのちを助けたのは、あの子の「ありがとうの気持ち」だったと思います。

心とは、何か。
心とは、喜びだよ。

心の目で見る

ぼくが、いいたいこと。
心は、本当にだいじだよ。
心があるからこそ、
ぼくたちは生きていかれる。
人間の中の、
本当にだいじというのが、心。

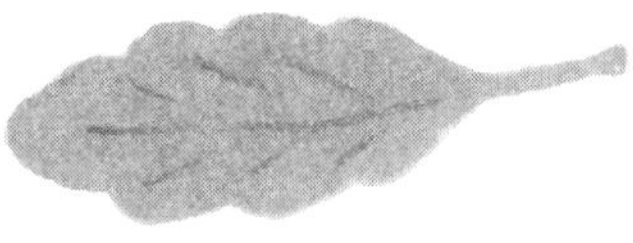

人に心があるのは、
いろいろなものを感じるため。
心があるから、
いろいろ感じられる。
心があるから、
生きぬける。

心がないと、天国にも地獄にも行けない。
地上にも行けない。
心があるからこそ、
ぼくたちは生きていかれる。
心を、無視しちゃいけない。
それは、世の中でいちばんたいせつなこと。
たいせつなことを、
ずっと忘れないでほしい。

人間は、生まれたらすぐ、たくさんのことを忘れてしまう。
みんな、おなかに入る前はちゃんとわかっていたのに、忘れてしまう。
おなかの中にスポンと勢いをつけて入るから、ストンと落ちたときに、
わかっている頭が驚いて、パーッと逃げていっちゃう。
忘れちゃっても、もう一回、身につけるのが、人間っていうものだよ。
たいせつなことを、忘れたまま死んじゃう人は、
地上にいたことを、損していたと思う。

人は、心をさわらないと、生きていかれない。
自分自身で、心の手で、心をさわっている。
心にさわっていないのは、死んでいるということ。
元気なときは、心の手が、心についている。
怒っているときは、半分、離れている。
悲しいときも、離れかける。

心の色は、人によって違う。人によって色が変わる。
うれしいと明るい色、悲しいと暗い色、怒るとぐちゃぐちゃな色。
心の色は、心の目を開くと、ぱっと出てくる。

お祈りしているときの心は、にじいろで、
太陽の光と同じくらい、輝いている。
あたたかいというか、熱いという感じ。
熱いと感じることで、祈ることができる。
人は、仏さまや神さまと、交信ができる。
というか、心の交信をしないと、
おまいりしたことにならない。

言葉は、
心のめがねだね。
言葉を使うと、
心がはっきり見える。

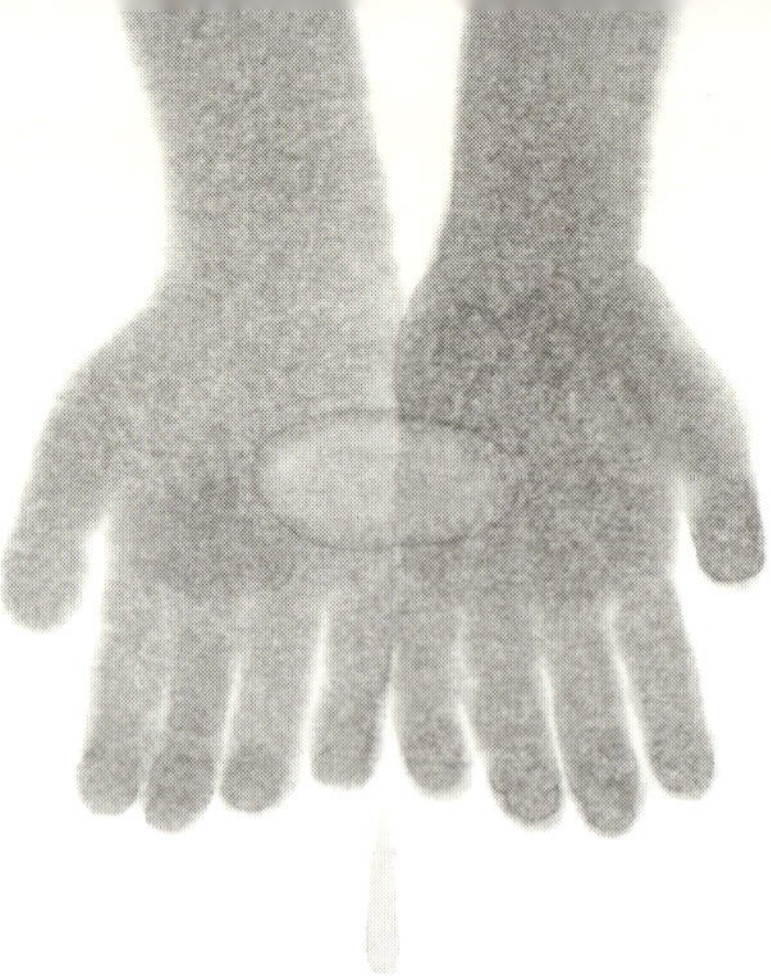

心は、小さな心が集まって
できている。
小さな心が集まって、
中くらいの心になる。
ひとりひとりには、
その中くらいの心が入っている。
でも、その中くらいの心の大きさは、
人によって違う。
中くらいの心と中くらいの心は、
ぜんぶつながっている。

ハートとハートは、
ロープでつながれている。
だれかとだれかが向きあっているとき、
ロープはつながっている。
ケンカしているときは、
ロープがからまったり、少し離れたりする。
遠く離れても、
ロープは伸びて、つながっているから、
ひっこししてもハートはつながっていて、
いつまでもお友だちなんだ。

ひとりひとりの心に、小さなハートがあって、
地球の真ん中にある大きなハートに、つながっている。
だから、ハートはみんな、つながっている。

元気なときは、
小さなハートと地球のハートが、つながっている。
病気のときは、小さなハートのロープが、
地球のハートと少し離れる。
死にそうなときは、小さなハートのロープが、
地球のハートから離れていく。
離れてしまった小さなハートは、天国に行く。
天国には、ハートがたくさんあるよ。

生きるということ

人間には、
ほかの人間との、合言葉がある。
たとえば、
「花を咲かせ、力を使おう。人生を自分で感じたまえ」
ぼくは、
神さまから教えてもらった。

ママ、「　」を書いて、その中に、こう書いて。
「人は、それぞれのものに関して、生きのびるものだ」
これは、「それぞれの人に、生まれてくる意味がある」という意味。
生まれてくる意味については、
ぼくは、どの人についても、同じことをいう。
それは、人は、たいせつなことを知るために地球に来た、ということ。
この星に、みんなが生きていることこそが、幸せなのだから。
「みんな」というのは、いろいろな人がいて、
いろいろな人が生きている、ということ。

人は努力しないといけない。
仕事して、お金をもらうというのと似ている。
人生でも、心の中でも、いっぱい働かなくちゃいけない。
勉強もするけれど、心の中でも勉強するんだ。
人は仕事で忙しいと思っていても、本当は二倍忙しいはずだ。
だって、仕事のほかに、心の勉強もしているから。
でも、忙しいほど、楽になる。
どうしてかというと、
一回やらなくちゃいけないことを、すぐ終わらせておけば、
あとは自由時間になるから。
働いたり、学んだりしたことを使って、生きていけるようになる。
すぐにぜんぶ終わらせたら、あとは自由時間。
仕事も、勉強も、心の勉強も、それは同じ。

人間は、生きのびるために、生きている。
しんどいことも、
幸せなんだってことがわかるために、
地上に下りてきたんだよ。

しんどいというのは、
じつは、小さな喜びなんだよ。
しんどくてたまらなくても、
その後に、やっぱり疲れがとれるでしょ。
そのとき、前よりももっと元気になっている。
だから、しんどいってたいせつなことで、
しんどい思いができるというのは、
じつは、奇跡なんだよ。

人は必ず、喜びをもっている。
たとえば、生きる喜び。悲しめる喜び。
じつは、悲しめるというのは、
幸せなことなんだよ。
いろいろな気持ちは、ぜんぶ幸せなんだ。
悲しめる喜びというのは、
悲しんだ後、またハッピーになるでしょ。
そのハッピーは、前のハッピーより、
もっと大きいハッピーになる。
だから、悲しみって、たいせつなんだよ。

人は、いろいろな気持ちをもたなくちゃいけないい。
自分で「いまはこの気持ちをもちたい」と思ったら、
その気持ちをもたなくちゃ。
怒る気持ちが、幸せということは、
わかりづらいかもしれないけど、
どんなに怒っても、その後、必ず、
怒りの気持ちがおさまってくる。
すると、「ああ、幸せ」という気持ちになるよ。
その幸せが、前より深くなるところが、
悲しみと似ているんだ。

人は、みんなに
いいことをするために、生きている。
それを、「自分の仕事」という。
みんなのために
働かないと、仕事とは呼ばない。
「自分の仕事」がなければ、
生きていけない。

人間はだれでも、
人生を切りひらける。
どんどん道を切りひらいて、
そこから奇跡が出てくる。
忘れていて、
損しているところもあるけれど、
人間は、みんな、
天才だと思う。

理生《りお》は小さいころから、ちょっぴりふしぎな子でした。言葉が出る前は、「りお語」でオペラのように歌ってばかりいました。酸素チューブをつけて公園をとことこ歩く姿は、雲の上をふわふわ漂っているようでした。

三歳すぎてやっと二語文が出ると、理生は言葉で、この世の美しさを教えてくれました。

夕焼けを指さして、「ピンク！　お空が、工事中」。

ブランコをこぎながら木漏れ日を見て、「お日さま、かくれんぼしてる」。

そんな片言に、わたしはどれほど癒《いや》されたことでしょう。

四歳になると、理生の「ふしぎな話」が始まりました。

英語番組に夢中になっていたので「英語が好きね」と話しかけたら、

「ぼくはここに来る前、お空の上にいたよ。アメリカもここも、同じお空でしょ」

といったのが、「生まれる前のお話」の始まりです。

ヘルニア手術のため入院したときは、「明日、手術よ」といったところ、

「知っているよ。神さまが『病院に行ったほうがいい』って、教えてくれたから」

と、平然としていました。それがたぶん、初めての「神さまの話」です。

このころ、理生には「げげ」という見えない友だちができました。「げげ」とは、七歳で「げげランドが壊されちゃった」というまで、毎日のように遊んでいたようです。

理生は、わたしの心を読むこともありました。

四歳のとき、わたしが「新しいおもちゃを出してあげようかな」と思ったとたん、理生は「そうだ、今日はあれで遊ぼう」といって、確信に満ちた足どりで、それまで開けたことのない押入れに向かいました。そしていろいろ詰めこまれた物の中から、正確にそのおもちゃを取り出して、遊びはじめたのです。

いちばんびっくりしたのは、六歳の誕生祝いに、『ロボット・カミイ』という絵本を買ったときのことです。

わたしがひとりで購入し、実家の押入れに隠して自宅に帰ると、理生は、

「ママ、おかえり。『ロボット・カミイ』をちょうだい。ばばのおうちの押入れにあるから」

と、いいました。

理生のいうように、母子は「にじいろのひも」で結ばれているのかしらと、楽しい気持ちになります。

お日さま、ありがとう。
あたたかくしてくれて。
風さん、ありがとう。
すずしくしてくれて。

お日さまの光、月の色

お月さまをかじると、
夜の味がする。
お月さまは、
どんなおふろに入るかな。
きっと、雲のおふろだね。

夜になると、
暗くなるのは、
おじさんが空に
長いはしごをかけて、
電気を消すからだよ。

月は生きている。
生きていなければ、何もできない。
ものも生きている。
蒸発してしまうもの、消えてしまうものも、
生きている。
空気だって、心がある。
みんなは、空気の心を吸って、
生きているんだ。
心をもたなければ、
何にもなれない。

月は、ぼくの未来だ。
そして、月は、
ぼくだけの未来じゃなくて、みんなの未来だ。
月は、みんなの力のもと、パワーなんだ。
月がなかったら、人間は生きてこられなかった。
月は光を出すことで、みんなにパワーを与えてきた。
曇りの円ができて、パワーを送れなくなって、
人間が変になっちゃった。
でも、そのパワーがなくても、
心の目が開いている人は、心の超能力をもっている。
月の光を浴びるのはいいことだけど、無理しないでいい。
つらいときは、部屋の窓から
月の光を浴びても、パワーをもらえる。

水も、生きている。
水は、小さい粒でできているけれど、
それより小さい粒があって、
それが、神さまのたましいなんだ。

影は、光がないことだとみんな思っている。
影は、もともとは、神さまの落としもの。
その落としものを拾うためには、
暗くしなくちゃならない。
暗いときにするお祭りは、
神さまの落としものを拾うため。
暗くすると、神さまの落としものが、
神さまのところに届く。
光がものに当たってできる影は、
小さな落としもの。
本当は、真っ暗なほうがいい。

赤ちゃんの葉っぱの色が、うすいのは、
いのちをたくさん吸いこむため。
お兄さんの葉っぱの色が、こいのは、
いのちをだんだん吸いこんだから。
おじいちゃんの葉っぱになると、
力が抜けてきて、枝から下に落ちるんだ。

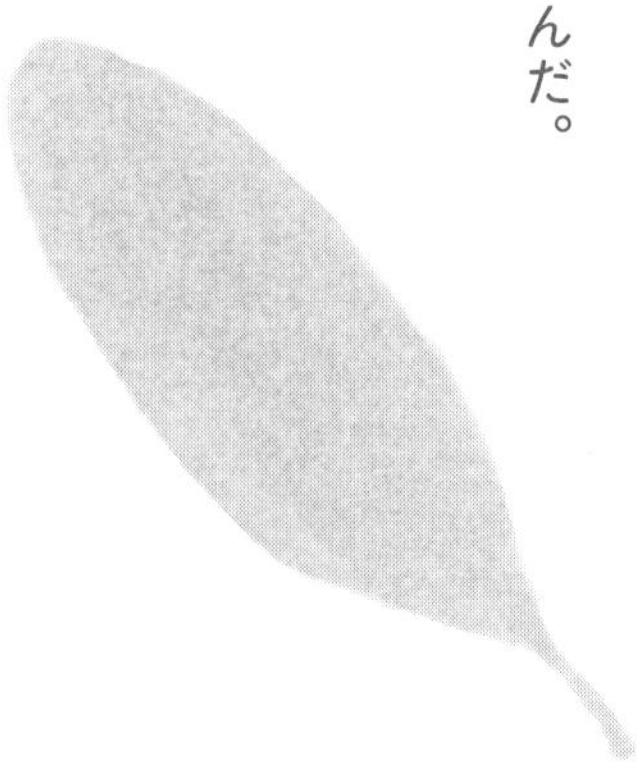

音には、たましいが寄り添うよ。
だから、太鼓のドンという音は、
とてもいいよ。

音も言葉も、魔法だよ。
言葉にも魔法があるけれど、
音にも魔法があるよ。
言葉も音の一種だから、
言葉も音と同じもの。
魔法があるっていうのは、リズムだね。
リズムは、神さまが
生まれるとき、つくられた。
人は研究して、それを知った。
神さまも、リズムや音から生まれた。
ほかにもいろいろなものが、
重なりあって生まれたよ。

地球の鏡

ぼくは、小さいころ、地球の鏡を守っていた。
手術で眠っていたときも、眠りながら、
地球の鏡を守っていたんだよ。
ママは、知っていた?

その鏡は、もともとは神さまの鏡。
神さまは、鏡をなくして探していたけど、
本当は、ぼくがもっていたんだ。
「ここにあるよ」って、教えてあげた。
それから、ぼくがもつことになったんだ。
その鏡は、いつも、ぼくの「気持ちのポケット」に、
しまっておいたよ。

地球の鏡には、生きものぜんぶの
気持ちが、映る。
白黒のときもあるけれど、
色が映るときもある。
カラフルなときは、地球からの奇跡、
というメッセージが伝わる。
神さまの誕生日のとき、
地球の鏡に、光が反射する。
すると、
地球全体が、その光に包まれるんだ。

すごい秘密に、気づいたよ。
時間があるから、ものはある。
時間があるから、光はある。
ものは、ぜんぶ、時間で、できている。

ものが時間でできているのには、二つの理由がある。
一つめの理由。
ものは、時間がたつと、人がつくったり、形や場所が変わったりする。
だから、時間が、ものをつくっている。

二つめの理由。
それは、ものが、時間の粒で、できているから。
時間は、目に見えない、小さな粒でできている。
ものも、目に見えない、小さな粒でできている。
うんと小さくすると、みんな同じ。

時間の粒も、ものの粒も、光の粒も、みんな同じ。
だから、ものは時間で、できているんだ。

みんな同じ粒でできているっていうのが、すごいことなんだ。
みんな同じ粒でできているっていうのが、いいことなんだよ。

粒と粒が集まると、のりみたいに、くっつく。
心も、肉も、みんな、粒が集まってできている。
神さまも粒。地球も粒。星も粒。
みんな同じ、目に見えない小さな粒で、できている。
骨も、肺も、髪の毛も、みんな、小さな粒でできている。
小さな粒がないと、ぼくたちは、生きていけない。
だから、自分の体に、いじわるしちゃ、だめ。
人を傷つけるのも、だめ。

戦争は、
みんなの小さな粒を、奪うことになるから、
だめ。
小さな粒を、盗んじゃいけない。
人のいのちや、
体を、盗むのはいけない。
殺すということは
小さな粒を、盗むこと。
だから、だめなんだ。
だから、人生では、
いいことをつくらなきゃいけない。

あわてても同じ。
あせっても同じ。
落ちついて、
人生は、ゆっくりがいい。

アメリカの大統領がニュースで、
「われわれは平和のために戦争をする」って
いっていたけれど、ぼくはちょっと変だと思うな。
戦争したら、平和じゃなくなるでしょ。
ぼく、大統領に会って、どういうことか、聞いてみたいな。

未来は、
ひとりのものじゃなくて、みんなのものだ。
だれかが
「未来は、ぼくだけのもの」っていったら、
ほかの人たちは、
未来がなくなると思っちゃう。

自分が思うことで、未来は広がっていく。
自分が思うほど、予想するほど、イメージするほど、
イメージは本当になる。
イメージが浮かばなくちゃ、先には進めない。

地球には、いろいろな人がいる。
いろいろな肌の人がいる。
それは、神さまが選んだ色。
お洋服店で、
「あれがいいだろう、これがいいだろう」って、
お洋服を選んで、買うようなもの。
いろいろな色があるのが、いい。
姿かたちとか、性格とか、
みんな違うのが、いい。
違うから、
「あ、だれだれくん」って、わかる。
みんな同じだったら、意味がない。

「幸せに生きる」というのは、
親切にすること。
幸せがおきるのは、
当然なことじゃない。
あれこれいいことをすると、
幸せになる。
悪いことをしたら、悪いことに、
仕返しされる。
生きることは、
思いやりが、だいじ。
思いやりをもって暮らせば、
幸せな町になる。

ぼく、もっと幸せな世界をつくりたい。
みんなが幸せになるために、
地球をどんどん、大きくするんだ。
「地球を大きくする」って、
幸せをふくらませる、ということ。
幸せで、地球を包みたい、ということ。

人は、幸せを贈りあうために、生きている。
助けあって、幸せを贈りあうために、生きている。

病気の人たちが
みんな健康になりますように。
戦争している国が
平和になりますように。
貧乏な人が
みんなお金持ちになりますように。

赤ちゃんは、大きなプレゼントをもって生まれてくる、といわれます。その言葉の意味を、わたしは少しずつ、理解するようになりました。

理生《りお》が赤ちゃんのころ、わたしは「元気な体で産んであげられなかった」と、自分を責め、嘆いてばかりいました。けれど、理生はどんなに痛い治療を受けても、ひととおり泣いた後はこぼれるような笑みを浮かべ、「ハッピー」といいました。

理生とともに歩むうち、私はふと、「理生は、理生だ。『ごめんね』って思いつづけるのは、理生に失礼では？」と、気づいたのです。

いつしか、わたしは「神さまから見て、最も善《よ》いことがおこなわれますように。その善いことが、どうか、理生が健《すこ》やかに大きくなることでありますように。病をもつことが、もし理生にとって最も善いことなら、病とともに幸せな日々を歩めますように」と、祈るようになりました。

人の力は、微々たるものです。それでも、わが子のこの世の幸福を願わずにいられないのが親であり、だからこそ「子煩悩」という言葉があるのでしょう。

慢性疾患とともに生きることは、一時的に体調を崩すのとはまったく違う、ストレスを抱えることになります。おそらく、この先もずっと、わたしの心の小さな疼《うず》きは消えないでしょう。それでいいと思います。

悲しみを通して、光のあたたかさに気づくことができるなら、痛みを通して、人と人が手をつなぐことができるなら、その体験は、人生を豊かにしてくれると思います。

振り返ると、理生が理生でいたおかげで、たくさんのすばらしいご縁や気づきに恵まれました。理生のいうように「ずっとずっと、幸せ」になれたのだと、ようやくわかったのです。

いま、わたしは、理生の風変わりなプレゼントに、感謝の思いでいっぱいです。

これからも、この世には、いろいろなおみやげをもった子どもがやってくるでしょう。勇敢な子どもたちを「地球にようこそ！」と、あたたかく迎える社会でありますように。子どもがみんな、内なる光を輝かせて生きることができますように。

そして、すべてのお母さんが、今日も笑顔で、わが子を抱きしめられますように。

印鑰 紀子

ありがとうが　いっぱい

生まれてくれて　ありがとう
わたしを　お母さんにしてくれて　ありがとう

あなたの小さなぬくもりで
生きることは　あたたかいことだと
教えてくれて　ありがとう

心臓が動くこと　息をすること
見えて　聞こえて　話せること
それらは　みんな奇跡なのだと
教えてくれて　ありがとう

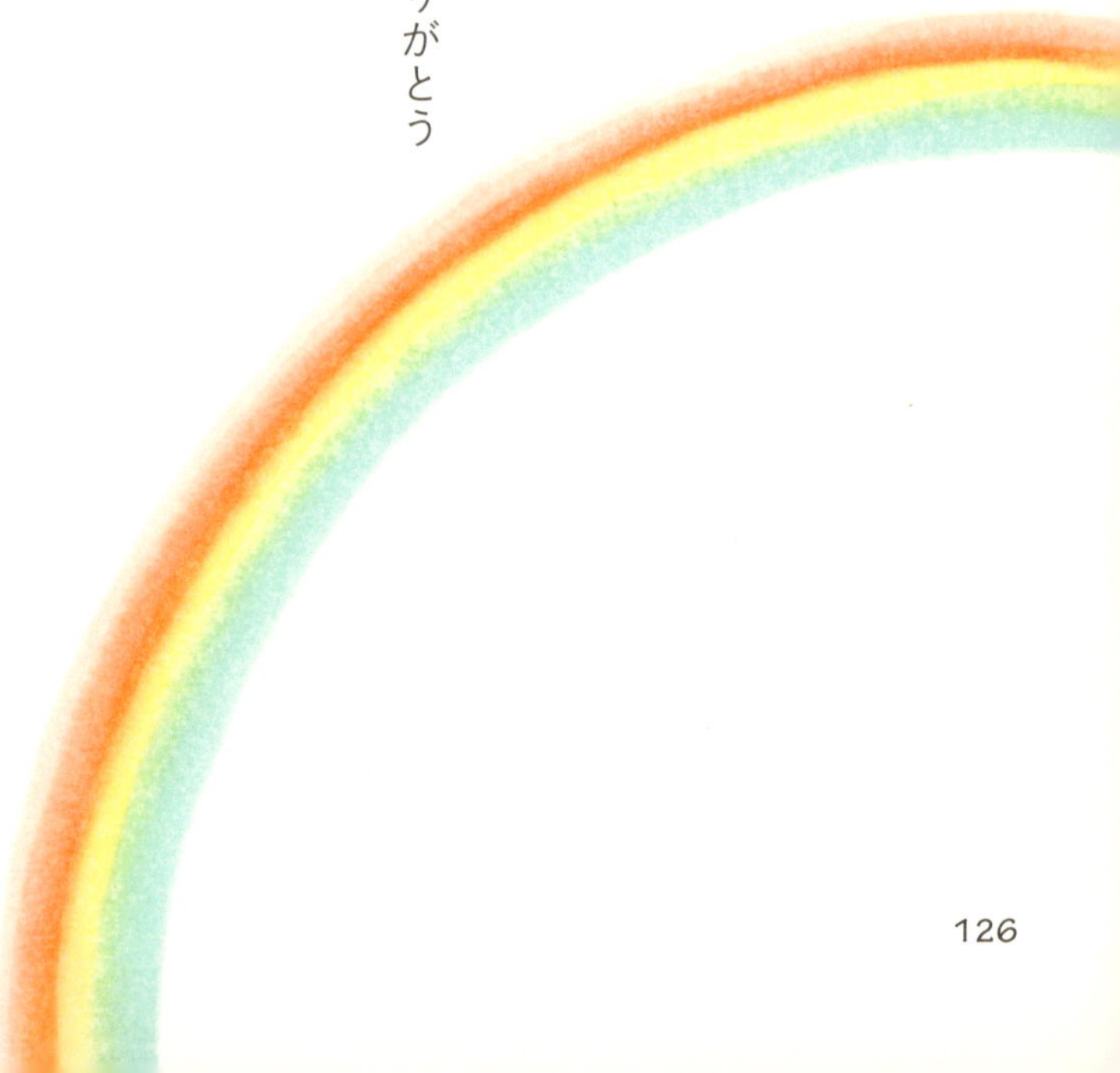

一日いちにちが　こんなにも長く
そして短く　愛《いと》おしいものだと
教えてくれて　ありがとう

いのちは　しなやかでたくましいのだと
教えてくれて　ありがとう

この世の痛みを
教えてくれて　ありがとう
悲しみの中にも　光はあると
気づかせてくれて　ありがとう

ありのまま　受け入れること
信頼すること　とがめないことを
教えてくれて　ありがとう

やさしい心や　親切なおこないに
出会わせてくれて　ありがとう

わたしたちは　いつも
護《まも》られ　生かされているのだと
気づかせてくれて　ありがとう

笑ってくれて　ありがとう
よろこびは　どの瞬間にもあるのだと
ほほえみで語ってくれて　ありがとう

いまここに　生きる幸せを
たましいのありかを
教えてくれて　ありがとう

まるごとのあなたを
抱きとめるよろこびを
わかちあってくれて　ありがとう

今日もまた　この一日を
わたしとともに　歩んでくれて
どうもありがとう

本書に寄せて

池川　明

みなさんは、「胎内記憶」（胎児のころの記憶）という言葉をご存じですか。

生まれる前の記憶を語るお子さんは、増えつづけているようです。あるいは、子どもたちは以前から話していたのに、耳を傾けるおとなが少なかっただけかもしれません。

私は、神奈川県横浜市で「池川クリニック」という産婦人科医院を開業しています。

一九九九年、私は「胎内記憶」の存在を知り、クリニックを訪れるお母さんたちに、興味半分でヒアリングを始めました。すると、多くの方から「うちの子には記憶があるようです」という答えが返ってきて、とても驚きました。

二〇〇二年と翌〇三年、私は長野県諏訪《すわ》市と塩尻《しおじり》市において、すべての保育園に通うお子さんを対象にアンケートを実施しました。おそらく世界初の本格的調査です。結果は、胎内記憶は三三％、誕生記憶は二一％ものお子さんが「ある」というものでした。

記憶の多くは「（おなかの中は）暗かった」「（外に出るときは）狭かった」というシンプルなものですが、妊娠中のお母さんの健康状態や、お産の状況を覚えているケースもありました。赤ちゃんは、意思も感情も備えた一人前の存在なのです。

調査を重ねるうち、私はふしぎな「記憶」と出会うようになりました。胎児のころどころか、おなかに宿る前のことを語るお子さんがいるのです。

子どもたちが語る世界は、細かい部分は違っても、いくつかの共通するイメージがあります。それは、ふわふわした安らぎに満ちた世界で、天使や神さまのような存在に見守られていたとか、自分の意思で生まれることを決め、この世にやってきたということです。

さらに、いまの自分として生まれる前、「別の自分」だったときのことや、「違う星」にいたときのことを語るお子さんにも、出会うようになりました。

こういった「記憶」は、科学的に実証できません。けれど私は、子どもの語る世界を受け入れたとき、お母さんがわが子を「意思をもって生まれた尊厳ある存在」と認めて、子育てや人生観を一変させる姿を見てきました。「生まれる前の記憶」の価値は、まさにそこにあるように思います。

私は子どもたちの話を聞くうち、次のような人生観をもつようになりました。

人は、何度も生まれ変わりを重ねながら、たましいの成長を遂げていきます。そして、人生のミッションは「人の役に立つ」ということです。

赤ちゃんはまず、お母さんの役に立ちたいのです。お母さんにたましいの成長をもたらし、幸せを運びたいと願っています。それに成功したと感じられた子どもは、思春期以降、自信をもって自分の人生を歩みだします。そして、もっと広い世界で、人の役に立つ生き方を模索していくのです。

本書の主人公、理生《りお》くんは、おなかの中にいたときに不整脈がわかり、緊急帝王切開で生まれました。本書は、理生くんの小さいころからのおしゃべりをまとめたものです。

お母さまの紀子さんとは、理生くんを出産後、復職してすぐ、仕事でお会いしました。その後、理生くんの不思議な話をたびたび聞くようになり、「ご覧になってください」と渡されたのが、本書のもとになる、理生くんの言葉を書きとめた原稿でした。

そこには、生まれる前のことだけでなく、従来は宗教が人々に伝えてきた、人生やたましいのこと、人はなぜ生まれてくるのか、どう生きるべきなのか、ということなどが、数多く語られていました。

私は、多くの人とその内容を共有したいと思っていました。このように本となり、理生くんの言葉がみなさまに届くことは、とてもうれしいことです。

理生くんは、「病気で生まれることを自ら選んだ」ということを初めて教えてくれました。

「ぼくが病気で生まれたのは、ずっとずっと幸せになるためだよ」

「ぼくが泣いても、ママはかわいそうって思わなくてよかったんだよ」

という理生くんの言葉には、とても驚きました。

私はよく、講演会などで、理生くんの言葉を紹介します。

わが子の先天性の障がいを自分のせいと責めておられるお母さまや、帝王切開分娩《ぶんべん》したことに罪悪感のあるお母さまに、笑顔が浮かびます。

理生くんの言葉は、これまでどれほど多くの方たちを癒《いや》してきたことでしょう。

また、理生くんの言葉からは、「人生を自分で選んできた」ということも、読みとれます。人生を選んでくるのが自分だとしたら、いまある状況を変えていくことも、自分にできるかもしれません。そんなふうに、励まされる方もいるのではないでしょうか。


赤ちゃんが誕生したときは、生まれてくれたことただそれだけでありがたく、うれしいものです。とはいえ子育てが始まると、日常生活の中でついイライラして、お子さんに当たってしまうことがあるかもしれません。

そんなときは、すべての子どもがきらきら輝く宝物をもって生まれてきたことを思い出していただきたいと思います。それは、「人を幸せにする」という宝物です。

本書の内容はとてもすばらしいですが、それは理生くんだけでなく、すべてのお子さんがそなえている宝物でもあります。

子どもには、崇高なたましいが宿っています。そして、そんなたましいが、自ら選んだ人生をけなげにも生きているのです。それに気づけば、だれもが子どもをあたたかく見守り、応援したいと思うに違いありません。


子どもは、人生の目的を果たすのに最もふさわしい両親のもと、この世に生を受けます。

それは、今後も人類が続くかぎり、延々と繰り返されていきます。

「生まれる前の記憶」のある子どもたちに尋ねるなら、そうだと首肯するでしょう。

私はみなさまに、わが子もまたそうであることを、ぜひ感じとってほしいと願っています。

お子さんは、たましいの成長をともになしとげるパートナーとしてあなたを選び、あなたのもとにやってきました。そしてまた、あなた自身もかつては同じように生まれてきたことを、思い出してほしいのです。

あなたも自ら意思をもち、この世にやってきました。あなたにも崇高なたましいが宿っていて、すてきな宝物をもって誕生したのです。

本書によって、多くの方に理生くんの思いが届けば、理生くんがこの世に生まれると決めた目的のひとつは、果たせるでしょう。

そして同じく、自ら選んできた人生に、いま果敢にチャレンジしているあなたも、人生の目的を果たすことができますように。

本書がその役に立つなら、それにまさる喜びはありません。


（医学博士・池川クリニック院長）

☆ 人間のふしぎ

P64~65 …… 7歳ごろ
P66 …… 7歳
P67 …… 9歳
P68「生きているというのは〜」…… 8歳
P68「体が動くから〜」…… 7歳
P69 …… 8歳
P70 …… 9歳
P71 …… 9歳
P72 …… 9歳

☆ 心の目で見る

P76 …… 8歳
P78 …… 8歳
P79「人に心があるのは〜」…… 8歳
P79「心がないと〜」…… 8歳
P80 …… 8歳
P81 …… 9歳
P82「心の色は〜」…… 9歳
P82「お祈りしているときの心は〜」…… 9歳
P83 …… 8歳
P84 …… 8歳
P85 …… 8歳
P86 …… 8歳

☆ 生きるということ

P88 …… 8歳
P89 …… 8歳
P90 …… 9歳
P91 …… 8歳
P92 …… 8歳
P93 …… 8歳
P94 …… 9歳
P95 …… 9歳

☆ お日さまの光、月の色

P98 …… 3歳（お日さまや風に語りかけて）
P100「お月さまをかじると〜」…… 4歳
P100「夜になると〜」…… 4歳
P102 …… 9歳
P103 …… 9歳
P104 …… 7歳
P105 …… 9歳
P106 …… 8歳
P107「音には、たましいが〜」…… 8歳
P107「音も言葉も〜」…… 8歳

☆ 地球の鏡

P110 …… 7歳
P111 …… 9歳
P112~113 …… 7歳
P114 …… 7歳
P115 …… 8歳
P116 …… 8歳
P117 …… 9歳
P118 …… 9歳
P119 …… 9歳
P120 …… 7歳
P121 …… 9歳
P122 …… 8歳（初もうでにて）

りおくんの言葉・年齢一覧

P1 …… 9歳

☆ 生まれる前の世界

P10 …… 5歳ごろ
P12 …… 6歳
P13 …… 4歳（9歳のとき追加）
P14 …… 6歳
P15 …… 4歳（9歳のとき追加）
P16 …… 9歳
P17 …… 4歳
P18「おなかに入るときは〜」…… 5歳
P18「生まれる前は〜」…… 8歳
P19 …… 4歳ごろ
P20 …… 5歳

☆ 生まれてくる奇跡

P22 …… 8歳
P23 …… 5歳ごろ
P24「ママのおなかでは〜」…… 4歳
P24「おなかにいるときは〜」…… 5歳ごろ
P25 …… 5歳（9歳のとき追加）
P26 …… 9歳
P27 …… 8歳
P28 …… 4歳ごろ
P29 …… 9歳
P30「人間は、生まれるとき〜」…… 7歳
P30「ぼくは、この家に〜」…… 9歳
P31 …… 9歳

☆ 病気とぼく

P34 …… 9歳
P35 …… 6歳（小学校入学を前に）
P36 …… 4歳（母の問いかけに答えて）
P37 …… 9歳
P38 …… 9歳
P39「赤ちゃんは〜」…… 9歳
P39「ぼくは、病気だったから〜」……9歳
P40 …… 9歳
P41 …… 8歳

☆ ママ、パパ、みんな

P44 …… 5歳
P46 …… 6歳
P47「ぼくがかわいいのは〜」…… 5歳ごろ
P47「ママに、しかられると〜」…… 5歳ごろ
P48 …… 8歳
P49 …… 6歳
P50 …… 4歳
P51 …… 4歳

☆ 神さまからの伝言

P54 …… 4歳
P55 …… 6歳
P56「赤ちゃんがちらかすのは〜」…… 5歳ごろ
P56「神さまが、ぼくに〜」…… 6歳
P57「ぼく、夢で神さまに〜」…… 6歳ごろ
P57「いのちは神さまのもの〜」…… 9歳
P58 …… 9歳
P59 …… 9歳
P60 …… 8歳
P61 …… 9歳
P62 …… 8歳（9歳のとき追加）

いんやく りお（印鑰 理生）

2001年8月18日東京生まれ。不整脈のため、34週で緊急帝王切開により誕生。3歳でペースメーカー埋めこみ、10歳でカテーテルアブレーション術をおこなう。慢性肺疾患、喘息により、9歳まで在宅酸素療法。歌、犬、だじゃれが大好き。2011年3月沖縄に移住。

自分をえらんで生まれてきたよ

2012年5月30日　初版発行
2012年7月31日　第6刷発行

著者＝いんやく りお

発行人＝植木宣隆

発行所＝株式会社サンマーク出版
〒169-0075
東京都新宿区高田馬場2-16-11
☎03-5272-3166

印刷・製本＝共同印刷株式会社

ISBN978-4-7631-3201-7　C0095

ホームページ　http://www.sunmark.co.jp
携帯サイト　http://www.sunmark.jp

おなかの中から始める子育て

池川クリニック院長 池川 明

定価＝本体1200円＋税

もし赤ちゃんに、おなかにいた頃や生まれたときの記憶があったら？お母さんへのアンケートでは、半数以上の子供たちが、おなかの中での記憶があると答えた。現役の産科医が、赤ちゃんの胎内記憶をもとに、生まれる前、生まれた後にしてあげたいことをわかりやすく解説。

プロローグ　赤ちゃんにはわからないと思っていませんか？
1章　赤ちゃんはお母さんお父さんを選んで生まれてきます
2章　おなかの赤ちゃんに話しかけよう
3章　お産は本当は気持ちがいい！
4章　生まれてからでも、まだ間に合う
5章　子育てで本当に大切なこと
6章　お産は子育ての通過点
エピローグ　さあ、赤ちゃんのお話を聞きましょう！

いのちのいれもの

小菅正夫　文　堀川 真　絵

定価＝本体1500円＋税

トコちゃん一家は、旭山動物園へ出かけました。もうじゅう館につくと、トラのイチの姿がなく、「喪中」のかんばんが……。イチは死んでしまったの？
トコちゃんの目から、なみだがぽろぽろこぼれてきました。ちょうど、そこへ通りかかった園長さんといっしょに、トコちゃんは「いのちの糸」を40億年たどっていきました……。
旭山動物園の元園長が、「いのちのいれもの」たちの大切な役割を、かわいらしく、かつ幻想的な絵で伝える絵本。